QUE... ?
KISS OF ROSE PRINCESS
AYA SHOUOTO

Punishment 28 ; Ténèbres X Désir X Cérémonie

KISS OF ROSE PRINCESS
AYA SHOUOTO

Kiss of Rose Princess

Aya Shouoto

contents

LES PERSONNAGES

Les chevaliers de la rose

Higa Kaede
(rose rouge)

Dans la classe d'Anis. Remarquablement doué en sport, ils'occupe beaucoup d'elle...
Spécialité : l'attaque.

Tenjoh Mitsuru
(rose blanche)

En 3e année. Président des délégués, il a un tas de fans autant filles que garçons. C'est le plus riche de tous.
Spécialité : guérison, défense.

Asagi Seiran
(rose bleue)

En 1re année. Presque plus mignon qu'une fille, il a sa popularité aussi mine de rien...
Spécialité : alchimie, sciences, connaissances en général.

Kurama Mutsuki
(rose noire)

En 2e année. Au centre de beaucoup de rumeurs sordides, il entretient le mystère. Apparemment il vivrait au sous-sol de l'église que gère la famille Tenjoh.
Spécialité : recherches et arrestations.

Narumi Itsushi

Prof de lettres anciennes, il en sait plus que les autres sur le pacte qui lie la maîtresse aux chevaliers de la rose, mais...

Yamamoto Anis

En 1re année au lycée Shôbi. Elle aurait préféré être une jeune fille ordinaire, mais elle devint malgré elle la princesse de la rose à l'instant même où son tour-de-cou fut enlevé.

Yamamoto Schwarz

Papa d'Anis, il semblerait qu'il ne lui ait pas offert son collier pour rien...

Ninufa
(gardien)

Il protège les cartes depuis que le contrat existe.

LES PERSONNAGES

La fausse rose

Era

Obnubilée par Anis, elle dirige quatre chevaliers.

Les faux chevaliers

Fujinomiya Shiden
(rose violette)

Il a juré fidélité à Era, et se sert de l'eau pour attaquer.

Yocto
(rose grise)

Grand frère de Mutsuki, il rêve de réhabiliter le monde des ténèbres.

Rhodecia

Suzumura Ideru
(rose orange)

Élève à l'école Shôbi, il est très actif et optimiste. Il peut attaquer avec des ondes sonores.

Hasuzaki Yakoh

Élève de la même école qu'Anis, il manipule les autres avec ses arômes.

L'histoire

Anis devient à ses dépens la princesse de la rose, et se retrouve à commander les quatre garçons les plus populaires du lycée. Soucieuse de libérer ses chevaliers du pacte qui les lie à elle, elle part en quête des cartes arcanes.
Anis se retrouve à organiser un rendez-vous entre Kaede et Mikage sur demande de cette dernière, mais la curiosité la pousse à les suivre jusqu'au parc d'attraction.
Sur place, elle tombe nez-à-nez avec une fausse princesse de la rose, dirigeant de faux chevaliers !

PERSONNE NE PENSAIT QUE CE SERAIT LE DERNIER JOUR...
UNE CÉRÉMONIE...
POUR L'ANNIVERSAIRE DE L'ÉCOLE ?
OUI, CE SOIR..

PETIT COIN DE POÉSIE DE KISS OF ROSE PRINCESS.
TING
TING
ÇA AUSSI C'EST MIGNON...
J'HÉSITE...
VOUS NE VOUS EN SOUVENEZ PEUT-ÊTRE PAS, MAIS MOI AUSSI JE VOULAIS DEVENIR UNE PRINCESSE... AVANT...
ANIS

PRINCESSE ANIS, ACCEPTES-TU...
D'ÊTRE MA PARTENAIRE À LA SOIRÉE ?
MAIS IL S'AGIT DE QUEL GENRE DE SOIRÉE, D'ABORD ?
HÉ BIEN...
POUR FAIRE SIMPLE, C'EST UNE SOIRÉE DANSANTE EN GRANDES POMPES.
HIIIII
LE PRÉSIDENT TENJOH !? LA CHANCE !!
PERSONNE NE POURRAIT LUI REFUSER !
QUELLE CHANCE ELLE A !
HEU...
HA...
L'ÉCOLE SHÔBI ORGANISE CELA LA VEILLE DE L'ANNIVERSAIRE DE SA CRÉATION ET INVITE POUR L'OCCASION LES CONSEILS D'ÉLÈVES D'AUTRES ÉCOLES.

HA BON ?
EN ROBE ... ?
MÊME SANS ÊTRE SA CAVALIÈRE...
ÇA POURRAIT ÊTRE MAR-RANT !
PAR CONTRE, ON A UN PETIT SOUCI...
HEIN ?
DEUX COUPLES DU CONSEIL DES ÉLÈVES ONT ANNULÉ À CAUSE D'UN RHUME...
!
MAIS LE VICE-PRÉSIDENT ET LES AUTRES NE VEULENT PAS SE METTRE AVEC DES FILLES...
ON RESTE FIDÈLES À NOTRE PRÉSIDENT !!
C'EST POUR ÇA...
QUE VOUS ALLEZ NOUS AIDER !
EN TANT QUE COLLÈGUES...
SHII
... QUOI ?
KAEDE ET LES AUTRES AUSSI ?

POUR-QUOI EST-CE QU'ON DEVRAIT ... ?
BAH ...
POURQUOI PAS ?
PUISQU'IL S'AGIT D'UN SERVICE...
CE SERA PLUS AMUSANT TOUS ENSEMBLE !
ON IRA TOUS À LA SOIRÉE !
LA CHAN-CE...
VOUS ALLEZ BIEN RIGO-LER !
POM

POM
EST-CE QUE JE PEUX VENIR EN TANT QUE CAVALIÈRE DE KAEDE …
ANIS ?
… HIIRAGI ?
TROIS COUPLES … ?
IL MANQUE DES FILLES, NON ?
MIKAGE SERAIT SA PARTE-NAIRE ?
BON…
ON FAIT COMME ÇA ?
HEU…
PARFAIT, COMME ÇA IL Y A PRÉ-CISÉMENT …
TROIS COUPLES !

C'EST DUR DE MARCHER AVEC ÇA...
HO ! ILS SONT BIEN DIFFÉRENTS DE D'HABITUDE !
ME VOILÀ !
HA ...
TU ES RAVISSANTE, PRINCESSE ANIS.
PFU...
BAH, TU VAS ENCORE ME DIRE QUE ÇA IRAIT À N'IMPORTE QUI...
HEIN MUTSUKI ?

PAS À N'IMPORTE QUI, À TOUT LE MONDE.
TOUTES MES EXCUSES...
QUELLE DIFFÉRENCE !?
HEM...
N'EMPÊCHE, LÀ...
TU ES SUPER MIGNONNE, ANIS !
HA, MIKAGE ?
J'AI L'AIR BIZARRE ?
PAS DU TOUT !
TU ES CRAQUANTE !!
TIENS ?
L'ESPACE D'UN INSTANT, ELLE M'A FAIT PENSER À QUELQU'UN...
KAEDE, ON VA À LA RÉCEPTION ?
HEU...
MOI JE...
KAEDE...

EST AVEC MOI !!
HEIN ?
GNIii
QUE !?
... SEIRAN ?
TU ÉTAIS DE CE BORD ... ?
MIKAGE LAISSE FAIRE ÇA !?
MAIS ATTENDS, JE...
ALLEZ, VIENS !
SEIRAN, À QUOI EST-CE QUE TU...
C'EST JUSTE ...

QUE JE N'AIME PAS TE VOIR AVEC ELLE.
MOI NON PLUS, ÇA NE ME PLAÎT PAS DE FAIRE ÇA.
POUR L'INSTANT, JE FAIS ÇA POUR ANIS.
BIEN, ALLONS-Y AUSSI PRINCESSE ANIS.
ÇA TOMBE À PIC, NON ?
J'ÉTAIS SÛRE QUE C'ÉTAIT LUI QUI AVAIT MANIGANCÉ ÇA !
SEIRAN, TU ES...
VRAIMENT TROP CHOU !!
J'ADORE CETTE FÊTE !
...
ALLEZ !

ON Y VA !
SI VOUS PENSEZ QUE LES FILLES ONT BESOIN D'UNE ESCORTE, VOUS VOUS TROMPEZ !!
ON ESSAIE AUSSI ?
...
IDIOT.

BIENVENUE À LA SOIRÉE ANNIVERSAIRE DE L'ÉCOLE SHÔBI !
APRÈS TOUT...
C'EST VRAIMENT BIEN FAIT !
WHAA !
ET PUIS J'ADORE REGARDER LES ROBES EN ÉCOUTANT LES POTINS...
CE SERAIT DOMMAGE DE JOUER LES PRUDES PENDANT LA SOIRÉE !
EN PLUS LES GARÇONS NE SAVENT PAS APPRÉCIER LES PÂTISSERIES.
REGARDE COMME IL EST BEAU !
HA OUI, CANON !

LE PRÉSIDENT DU CONSEIL TENJOH EST VRAIMENT TROP CLASSE !
LES AUTRES AUTOUR SONT BIEN AUSSI, NON ?
OUI, MAIS REGARDE...
ILS SONT DÉJÀ BIEN ACCOMPAGNÉS !
CE N'EST PAS UNE FILLE, C'EST UN GARÇON AUSSI !!!

HUM...
IL EST PEUT-ÊTRE MIGNON, MAIS PAS QUESTION DE PERDRE LA FACE CONTRE UN GARÇON !
C'EST VRAI...
C'ÉTAIT BIEN SYMPA !
EX-CUSE-MOI, ANIS.
JE VAIS REJOINDRE KAEDE.
!
JE NE VEUX RIEN REGRETTER.
TAP
HEIN ?
C'EST LA DERNIÈRE SOIRÉE.

MIKA-GE…
SHALL WE DANCE, PRINCESS ANIS ?
POM
QUE … ?
JE NE SAIS PAS DANSER !!
LAISSE-MOI TE DIRIGER.
VOILÀ !
VOIIIILÀ !
ROU
ROU
ROU
TU ME COLLES ! J'AI ENVIE DE VOMIR !

C'EST BIEN ...
COMME CELA...
J'AI LE MAL DE MER...
KAEDE EST LÀ-BAS...
HA... !
TU T'INQUIÈTES POUR LA ROSE ROUGE ?

CE N'EST PAS VRAIMENT LE... HOO !!
C'EST JUSTE QU'IL N'EST JAMAIS TROP À L'AISE DANS CE GENRE D'EN-DROIT...
HA BON ... ?
TU ES TROP PRÈS, TROP PRÈS !!
ET ALORS ?
QUAND JE TE VOIS REGARDER UN AUTRE HOMME...
J'AI L'IMPRES-SION QUE TU PIÉTINES MON CŒUR SUR LE RYTHME DE CETTE VALSE.
OUI, PARCE QU'IL ME RÉPUGNE.
J'AI BEAUCOUP RÉFLÉCHI.

SI LA ROSE ROUGE N'A TOUJOURS PAS EFFECTUÉ SON PREMIER RÉVEIL…
C'EST QU'ENTRE VOUS…
IL DOIT Y AVOIR UN MUR DIFFICILE À ABAT-TRE…
NON ?
POUR-QUOI…
S'EST-IL INSTALLÉ ENTRE VOUS ?
UN MUR…
ENTRE KAEDE ET MOI ?

S'IL SE BRISAIT...
VOUS NE POURRIEZ PLUS VOUS RETENIR...
C'EST POUR ÇA QUE VOUS NE FAITES RIEN.

JE ME TROMPE ?
...
POM
ARRÊTE...
DE TOURNER LES CHOSES À TA FAÇON !!
POUR LE MOMENT...
TENJOH SENPAI, VOUS M'ACCORDEZ CETTE DANSE ?

NOUS SOMMES LA "PRINCESSE DE LA ROSE" ET SES "CHE-VALIERS".
TOUT CE QUE JE VEUX, C'EST QUE TOUT LE MONDE SE SENTE BIEN.
IL NOUS SUFFIRA DE CONTINUER COMME ÇA...
OU BIEN EST-CE QUE JE ME MENS À MOI-MÊME ?
HUM ?

HAAA !
EN TOUT CAS, JE DÉTESTE QU'ON DÉCIDE POUR MOI !!
JE VAIS ME VENGER SUR LES GÂTEAUX !
VOILÀ POURQUOI LES GARÇONS SONT SOÛLANTS !
GNII
BLOOOM
WHAAA !!
HA... EXCUSEZ-MOI !
DÉCIDÉMENT...
TU ES TOUJOURS AUSSI MA-LADROITE, HEIN ?

CETTE VOIX...
ET SI J'EN PROFITAIS POUR T'EN-LEVER ?

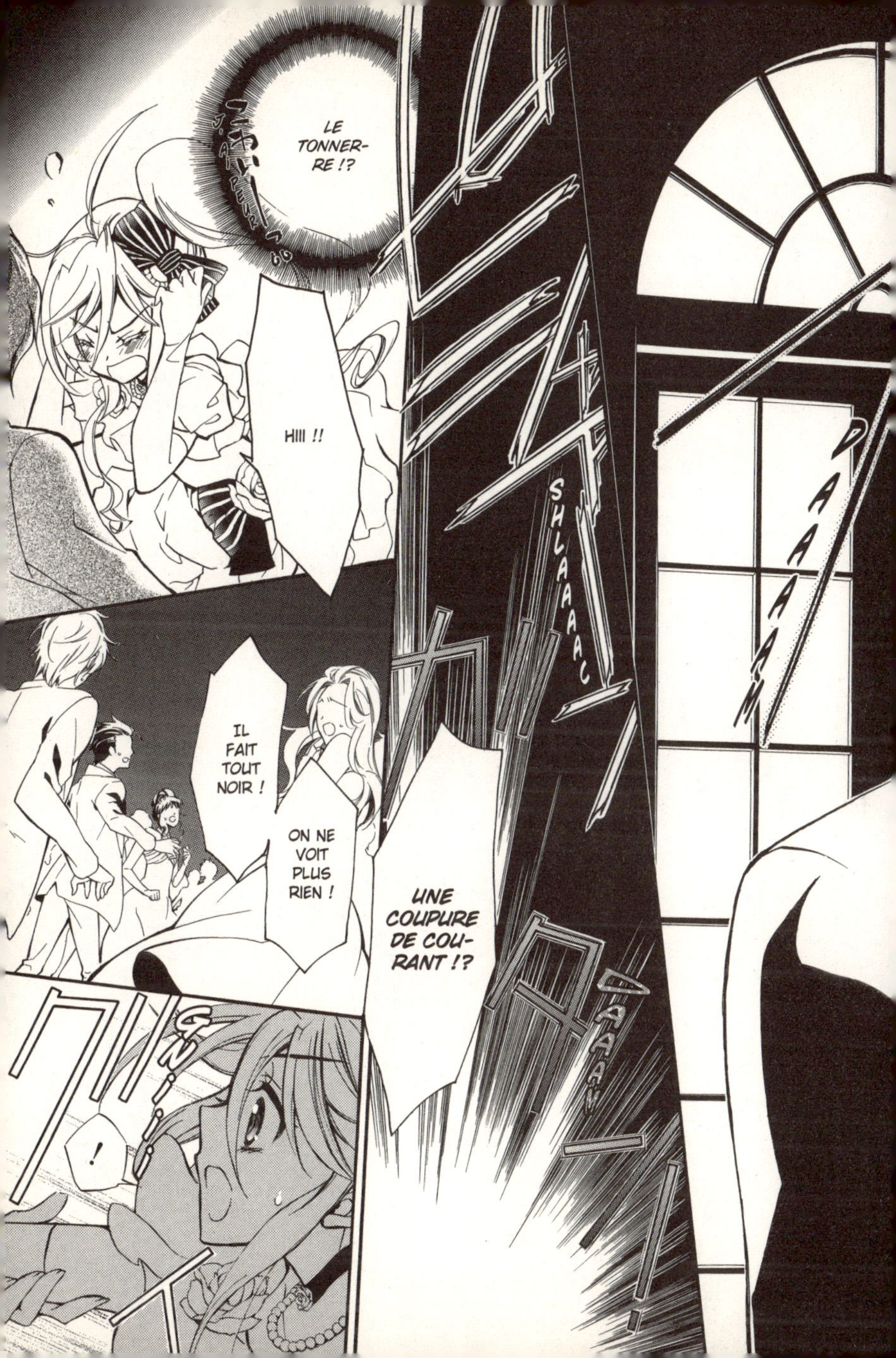
SHLAAAAAC
DAAAAAM
LE TONNERRE !?
J'AI PEUR...
HIII !!
IL FAIT TOUT NOIR !
ON NE VOIT PLUS RIEN !
UNE COUPURE DE COURANT !?
DAAAAAM
GNIII
!

MAIS...
ARRÊTEZ !
OÙ EST-CE QUE VOUS M'EMMENEZ ?
JE NE PEUX PAS RÉSISTER...
IL EST TROP FORT...
SHAAAA
NON... !?

ICI TU
VERRAS
UN PEU
PLUS
CLAIR.
POM
MUTSUKI...

MAIS… C'ÉTAIT TOI ?
LE HALL EST UN PEU AGITÉ, ATTENDS ICI QUE LA LUMIÈRE REVIENNE.
J'AI BIEN VU…
QUE LE TYPE MASQUÉ À CÔTÉ DE TOI AVAIT L'AIR BIZARRE…
NE ME DIS PAS QUE…
SHOUUUU
SHAAAA
HIIII !!
!
BRRR
BRRR
TU… TU AS PEUR DE L'ORAGE ?

SANS COMPTER LES TREMBLEMENTS DE TERRE, LES INCENDIES, ET J'EN PASSE…
OUI…
ET ALORS ?
S'IL TE PLAÎT…
ESSAIE DE ME PROTÉGER UN PEU DES ÉCLAIRS…
GNI…

TU ES SÛRE...
QUE TU PEUX FAIRE CETTE TÊTE DEVANT MOI ?
NE TE MOQUE PAS DE MOI !
GRR
... CE N'EST PAS CE QUE JE VOULAIS DIRE.
MUTSUKI ... ?

HOO !!
ANIS ! OÙ ES-TU ?
HA !
ANIS !
KAEDE …
JE SUIS …
… N'Y VA PAS.

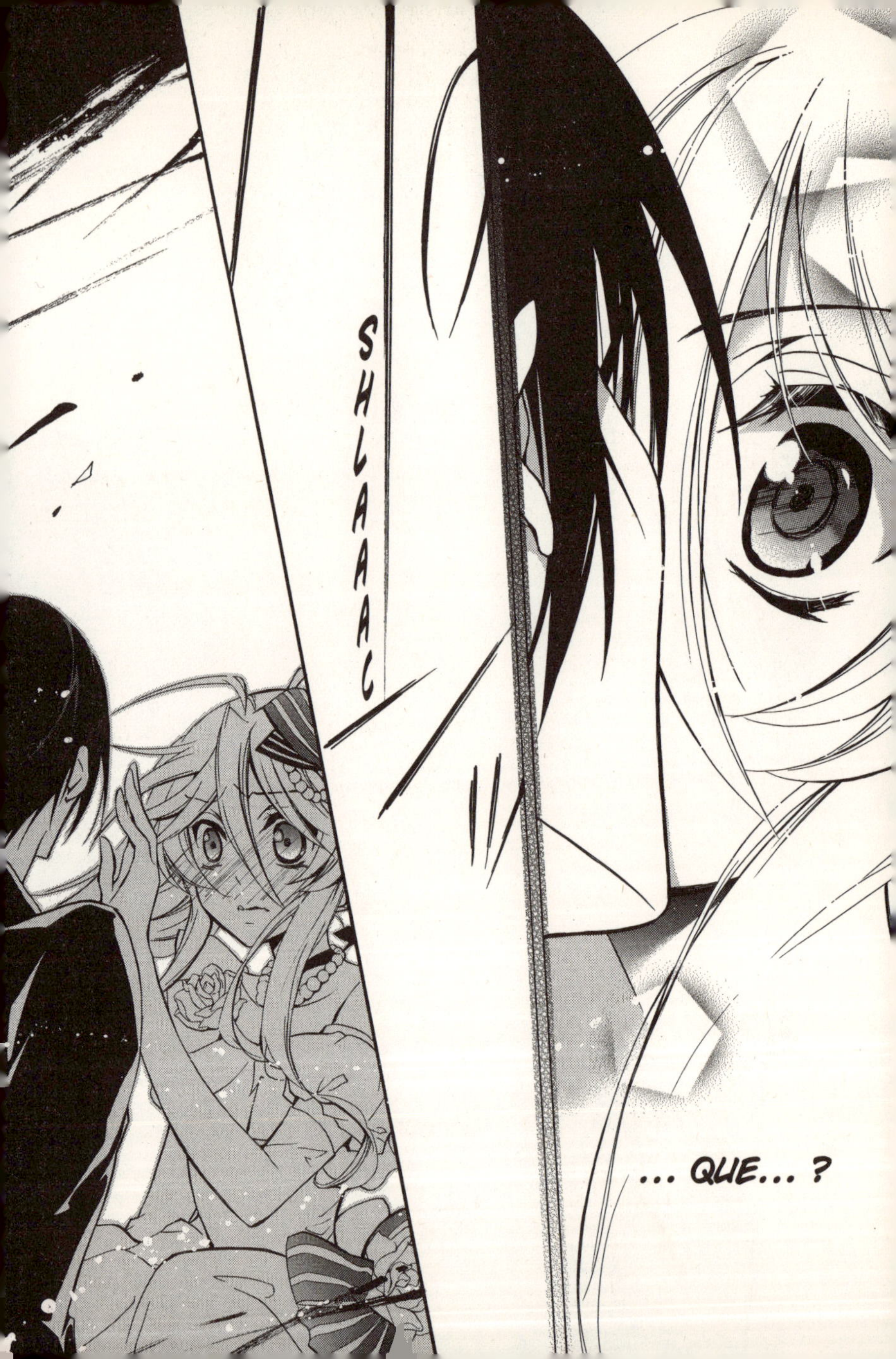
SHLAAAAC
... QUE... ?

QUE...
DE QUEL DROIT... IDIOT !!
MUTSUKI...
ANIS ...
BAAAH
M'A EM-BRAS-SÉE...

J'HALLUCINE !!
SHAAAA
SHAAAA
...
ALORS, TU AS COMPRIS ?

QUES …
CE QU'EST LE VRAI DÉSIR … ?
ROSE GRISE…
"YOCTO" !
JE SUIS TON GRAND FRÈRE, NON ?
…
DIS-MOI LA VÉRI-TÉ…

TU AS ENVIE QUE LA PRINCESSE NE SOIT QU'À TOI, HEIN ?
SHAAA
PFU...
SHAAA
QUES...
VOICI QUELQUE CHOSE POUR TOI.
SHIII
UN OBJET QUI TE TIRERA DE SA DOMI-NATION DE RONCES.
CLING

TON NOUVEAU COLLIER ...
SHAAAA
HAA
HAA
SHAA
MA ROBE ET MES CHEVEUX SONT EN VRAC...
HAA !!
J'HALLUCINE...
J'EN AI MARRE !!!
JE NE LE CROIS PAS...
J'HALLUCINE !!
SHAA

C'ÉTAIT... MA PREMIÈRE FOIS...
SHLAAAAAC
GLOUP
SHAAA
GHHH
SHAAAA
... QUE ... ?

PLATCH
QU'EST-CE QUE TU FAIS SOUS LA PLUIE ?
PLATCH
HA !
IDERU ?
...
PRINCESSE DE LA ROSE...
JE T'EN PRIE !

LA ROSE VERTE...
SHAAAA
JE NE PENSAIS PAS...
SAUVE YAKOH !
QUE CE SERAIT LE DERNIER JOUR...
END

KISS OF ROSE PRINCESS

KISS OF ROSE
PRINCESS

QUES, VOICI TON NOUVEAU COLLIER.
C'ÉTAIT MA PREMIÈRE FOIS...
PRINCESSE DE LA ROSE...
SAUVE YAKOH !
Punishment 29

Punishment 29 : Keep the faith ?

KISS
OF
ROSE
PRINCESS

ENFIN…
LA MAGIE VA ENFIN ÊTRE LIBÉRÉE DE CE SCEAU IGNOBLE…
ET LE RÊVE DE MA FAMILLE…
MON RÊVE… VA ENFIN REDEVENIR RÉALITÉ !
ANIS CHÉRIE…
QUAND VAS-TU ENFIN RÉALISER ?
HO, ROSE…

HO, REINER WIDERSPRUCH...
ALLEZ, ON VA TOUT DÉTRUIRE !!
NE CHANGE PAS LES PAROLES, ÇA FAIT BIZARRE...
LE MONDE REGORGE DE TELLES VIEILLERIES...
LES ENFANTS ADORENT REMANIER LES TEXTES.
SI FRAGILES, FUGACES...

LES BOURGEONS DE JUDAS ÉCLOSENT COUVERTS DE SANG...
ET JE NE SAIS PLUS QUELLE FORÊT ENDORMIE SERT DE SACRIFICE VIVANT...
FAUT-IL QUE TU PERDES TOUT POUR COMPRENDRE ?
YAKOH EST COMME ÇA DEPUIS CE MATIN...

IL NE RÉAGIT MÊME PLUS À RIEN...
ET TOI ?
TU DOIS BIEN SAVOIR OÙ EST NOTRE CRÉATEUR, SCHWARZ ?
PRIN-CESSE DE LA ROSE !
HEU...
JE N'EN AI AUCUNE IDÉE...
JE NE SAIS NI OÙ IL EST, NI MÊME QUI IL EST VRAIMENT !
SHiii
CALME-TOI UN PEU, ROSE ORANGE.

PRINCESSE ANIS ET SCHWARZ SONT BIEN DU MÊME SANG, MAIS...
TU DOIS SAVOIR QU'AUJOURD'HUI...
ILS SONT EN AFFRONTEMENT, NON ?
TU ES GONFLÉ DE VENIR NOUS VOIR UNIQUEMENT DANS CE GENRE DE SITUATION.
TU NE CROIS PAS QUE TU AS CE QUE TU MÉRITES, FAUX CHEVALIER... ?
!
GLOUP
CE SONT BIEN LES TERMES DU CONTRAT, NON ?

C'EST VRAI...
EN ÉCHANGE DES POUVOIRS DES FAUX CHEVALIERS...
ON A ACCEPTÉ DE SERVIR DE COBAYES À SCHWARZ.
IMPOSSIBLE DE NOUS SERVIR DE LA MÉDECINE CLASSIQUE.
TANT QUE NOUS N'AURONS PAS PASSÉ DE PACTE AVEC NOTRE MAÎTRESSE...
NOUS PAIERONS NOS POUVOIRS EN NOUS VIDANT DE NOS FORCES.
MAIS POURQUOI...
AVEZ-VOUS ACCEPTÉ UNE TELLE CHOSE ?
IL Y A DES CHOSES QU'ON VEUT AU POINT D'ALLER JUSQUE-LÀ S'IL LE FAUT.

CE QUE VEUT IDERU ... ?
YAKOH...
EST MALADE DEPUIS LONG-TEMPS ...
À CAUSE DE MOI.
ON S'EST RENCONTRÉS...
DANS UN ORPHELINAT.
J'ÉTAIS FAIBLE DE NATURE...
NE T'EN FAIS PAS, IDERU.
QUAND ON SERA GRANDS, ON GAGNERA PLEIN D'ARGENT POUR T'OPÉRER.
J'EN AI DEUX, ALORS JE T'EN PAS-SERAI UN !
SON SOURIRE ÉTAIT MON SEUL SOUTIEN.
UN JOUR...

DITES ...
ÇA VOUS INTÉRESSE, LE MILIEU ARTISTIQUE ?
ON A PRIS ÇA POUR UN MIRACLE.
ON EST COMPATIBLES, TU VAS POUVOIR ÊTRE TRANSPLANTÉ !
GÉNIAL ! TU IRAS BEAUCOUP MIEUX COMME ÇA, IDERU !
ON A UTILISÉ L'ARGENT DE NOTRE CONTRAT AVEC L'AGENCE DANS L'OPÉRATION...
ET TOUT DEVAIT SE PASSER POUR LE MIEUX...
TOI, LÀ-BAS ! TOURNE ENCORE !
GHH
YAKOH ... ?
EXCUSE-MOI, J'AI BESOIN D'UNE PAUSE...
HAA...
IL ÉTAIT SI FAIBLE QU'IL NE POUVAIT MÊME PLUS SE LEVER.

UNE ERREUR PENDANT L'OPÉRATION ? IMPOSSIBLE !
TOUTES LES DATES SONT FIXÉES, ALORS...
DIS-LUI DE SE REMETTRE AU PLUS VITE !
PERSONNE NE S'OCCUPA DE NOUS...
ET NOUS NE POUVIONS PLUS REVENIR EN ARRIÈRE.
DÉSENCHANTEMENT...
MAIS...
DANS CET ÉTAT, YAKOH...
VOUS AVEZ BESOIN D'AIDE ?

UNE AIDE QUI DÉPASSE TOUTES LES CONNAIS-SANCES ACTUELLES...
NOUS VOULIONS MONTRER À TOUS CEUX QUI NOUS AVAIENT TRAHIS...
NOUS VOULIONS VIVRE TOUS LES DEUX...
OUI ... !!

APPA-
REM-
MENT...
NOS POUVOIRS DEVAIENT SE STABILISER...
EN PASSANT UN PACTE AVEC LA FAUSSE ROSE, ALORS J'ÉTAIS CONFIANT...
MAIS...
ON N'A JAMAIS RÉUSSI.
NOUS NE SOMMES QU'UNE EX-
PÉRIENCE RATÉE...
"RATÉ"...
NOUS AURIONS MIEUX FAIT D'ABANDON-
NER LES POUVOIRS DES CHEVA-
LIERS.
SCHWARZ NOUS L'A CONSEILLÉ AUSSI...
MAIS...
NOUS N'AVONS PAS EU LA FORCE DE CHOISIR.
YAKOH SERAIT DE NOUVEAU EN PROIE À LA MALADIE...

C'EST POUR CELA...
QUE VOUS VOULIEZ LES CARTES ARCANES ?
POUR DEVENIR DE VRAIS CHEVALIERS ?
DE TOUTE FAÇON...
PLAF
ÇA NE SERT PLUS À RIEN !!
!
GNii
SI YAKOH NE SE RÉVEILLE PLUS...

JE NE POURRAI JAMAIS VIVRE SANS LUI !
HUM...!
IDERU ...!
LA ROSE VERTE ...
TAP

DORT PARCE QUE SA PUISSANCE S'EST EMBALLÉE.
ITSUSHI SENSEI ?
EMBALLÉE... ?
IL EST TELLEMENT FORT QU'IL EST CAPABLE DE DÉSAGRÉGER LES PARFUMS EN MICROPARTICULES.
ANIS DIRAIT SÛREMENT QU'IL A DES ARÔMES "TROP FORTS"...
NE ME REGARDEZ PAS COMME ÇA...
TROP FORTS...
CE N'EST PAS PLUTÔT QU'IL EST FAIBLE ?
NARUMI

C'EST POUR ÇA QUE ÇA S'EST EMBALLÉ ?
IL RENFERME UNE SI GRANDE FORCE…
QU'IL N'A PAS PU LA CONTRÔLER ?
…
SCHWARZ …
AVAIT PRÉVU QUE ÇA ARRIVERAIT.
TAP TAP TAP
DU COUP …
IL COMPTE UTILISER CELA…
POUR ACTIONNER UNE SPHÈRE …
AUTOUR DE LA VILLE ET ENDORMIR TOUT LE MONDE !

IL VEUT EN PROFITER POUR DÉNICHER TOUTES LES CARTES ARCANES.
SON OBJECTIF FINAL...
EST DE LES UTILISER POUR DÉTRUIRE LE SCEAU MAGIQUE...
ET ENFIN...
GLOUP
UNE SPHÈRE ... ?
C'EST LUI QUI A PROVOQUÉ ÇA... ?

QUE LA ROSE GRISE S'APPROPRIE TOUTE LA PUISSANCE QUI EN SORTIRA.
...
VOUS PAR-LEZ...
COMME S'IL VOUS AVAIT DIT CELA EN PERSON-NE.
ITSUSHI SENSEI...
C'EST VRAI...

IL VIENT DE ME LE RÉVÉLER.
JE NE VOULAIS PAS EN PARLER, MAIS...
MAIS ... ?

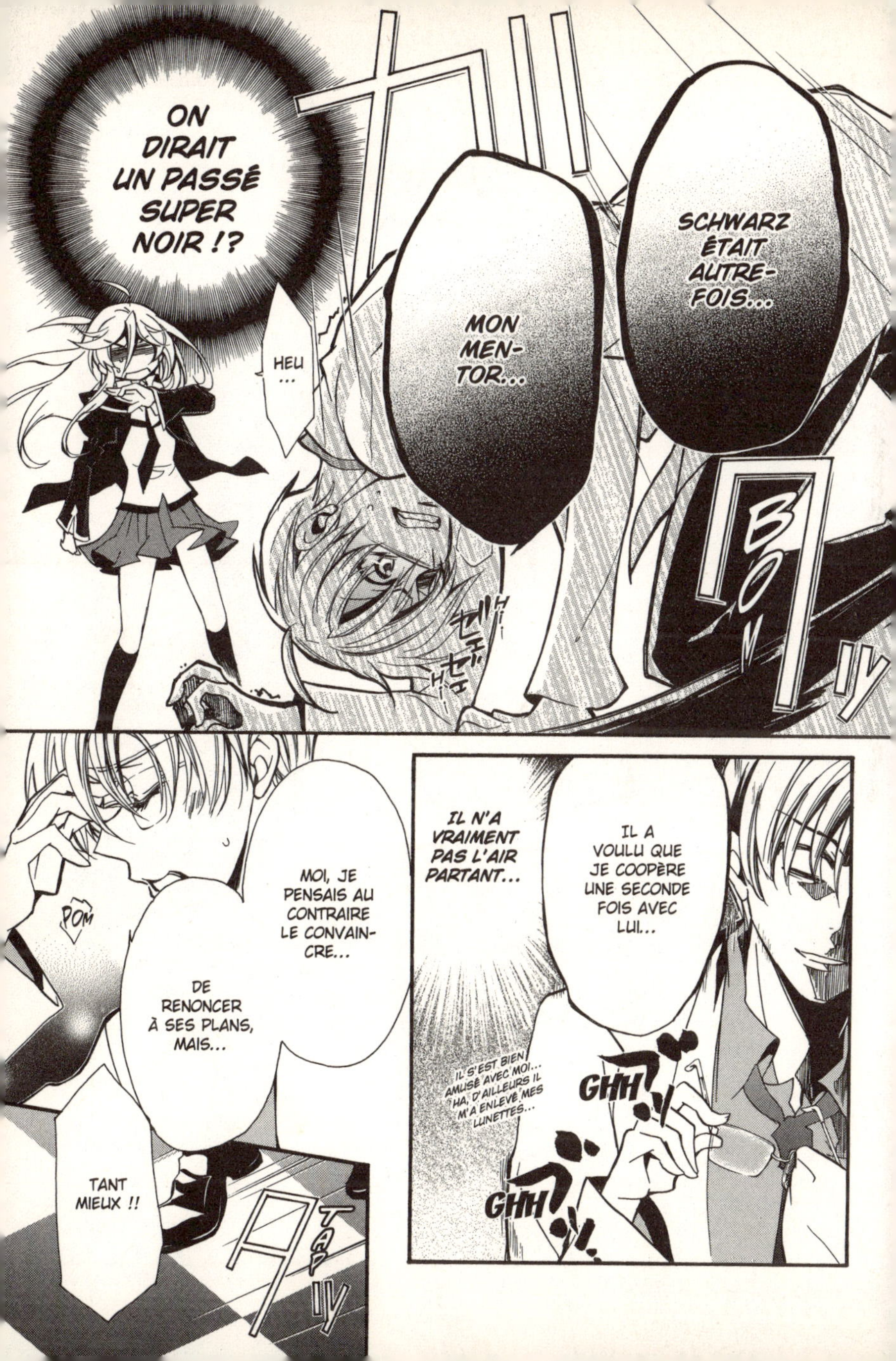
SCHWARZ ÉTAIT AUTRE-FOIS...
MON MEN-TOR...
HEU ...
ON DIRAIT UN PASSÉ SUPER NOIR !?
BOM
IL A VOULU QUE JE COOPÈRE UNE SECONDE FOIS AVEC LUI...
IL N'A VRAIMENT PAS L'AIR PARTANT...
IL S'EST BIEN AMUSÉ AVEC MOI... HA, D'AILLEURS IL M'A ENLEVÉ MES LUNETTES...
GHH
GHH
MOI, JE PENSAIS AU CONTRAIRE LE CONVAIN-CRE...
DE RENONCER À SES PLANS, MAIS...
POM
TANT MIEUX !!
TAP

ぎゅっ
GNII!!!
SEIRAN... !
J'AVAIS PEUR QUE VOUS NE DÉCIDIEZ D'ALLER AILLEURS !!
SENSEI !
MAIS NON...
POM POM
QUEL QUE SOIT LE PASSÉ...
AU JOUR-D'HUI...

JE VEUX FAIRE MON MAXIMUM POUR VOUS TOUS.
ANIS, PRINCESSE DE LA ROSE...
ET VOUS AUTRES SES CHEVALIERS.
FAISONS CONFIANCE EN NOS LIENS...
...
CLAP
IDERU !

JE VAIS VOIR SCHWARZ ...
POUR QU'IL RÉVEILLE YAKOH !
IDE-RU !
N'ESSAIE PAS DE ME RETE-NIR !
JE NE TE RETIENS PAS !
ON Y VA ENSEM-BLE.

DANS CET ÉTAT, TU N'Y ARRIVERAS PAS.
MOI NON PLUS, JE NE VEUX PAS LE LAISSER RÉCUPÉRER LES CARTES ARCANES.
N'EMPÊCHE QUE NOUS...
ON DIRAIT QUE NOUS SOMMES À LA MERCI DU BON VOULOIR DES ADULTES...
HORS DE QUESTION...
JE NE SAIS PAS S'ILS ONT EU RAISON OU NON...
ET JE NE PEUX PAS DIRE SI MON PÈRE...
A MAL AGI OU NON.

DE LAISSER MON PÈRE FAIRE CE QU'IL VEUT PLUS LONG-TEMPS !!
ET ÇA M'ÉNERVE !!
EN PLUS HONNÊTEMENT...
EN CE MOMENT, JE PENSE SURTOUT...
À MON PREMIER BAISER...
M'ENFIN BON...
ANIS...
C'EST VRAI QU'IL ÉTAIT TOUJOURS ARROGANT, MAIS...

JE N'AIME PAS LE VOIR SOUS LA PLUIE...
OU VOIR QUELQU'UN DE GENTIL FERMER LES YEUX POUR TOUJOURS.
JE N'AI PAS DÉCIDÉ DE DEVENIR...
POUR LAISSER PASSER ÇA !!
LA PRIN-CESSE DE LA ROSE...

"FAUX CHEVALIER", "RATÉ"...
ANIS...
QU'EST-CE QUE TU FAIS ?
N'AIE PAS PEUR, IDERU.
PAS QUESTION DE LES LAISSER ABANDONNER À CAUSE DE CETTE IMAGE D'EUX-MÊMES !
ESSAIE DE RES-SENTIR...

TU N'AS PLUS BESOIN...
DE TE FAIRE DU MAL À TOI-MÊME.

LES SENTIMENTS ENLACÉS...
SHAAAA
!!
SE TRANS-FORMENT EN LIENS...
DES ROSES ...

SHOUUU
ORAN-
GES...
TING
TING
TING
UNE CARTE ?
!
C'EST ...
UN "PACTE PROVI-SOIRE" !

UN "PACTE PROVISOIRE"...
EST FAIT POUR QUE LORSQUE LES QUATRE CHEVALIERS OFFICIELS NE SONT PAS RÉUNIS...
UN AUTRE PUISSE PALIER AU MANQUE TEMPORAIREMENT.
C'EST UN ANCIEN PACTE MAGIQUE...
C'EST BIZARRE...
C'EST PEUT-ÊTRE PROVISOIRE, MAIS TU NE DEVRAIS PAS POUVOIR LE FAIRE.
LES QUATRE CHEVALIERS SONT ICI EN CE MOMENT.
...

TU ES GÉNIALE, ANIS !
HEU... TU TROUVES ?
HEU... C'ÉTAIT COMME ÇA, SUR LE COUP...
GHH...
TU...
NOTRE ENVIE DE SAUVER NOS COMPAGNONS EST LA MÊME, ALORS...
ON EST LIÉS MAINTENANT !
ON L'A EUE !

QUE...
QUOI QU'IL EN SOIT, FAIS BIEN ATTENTION !!
ATTENTION ?
FLAP
FLAP
UN PACTE PROVISOIRE EST L'INVERSE D'UN RÉVEIL.
SI IDERU UTILISE SES POUVOIRS DE CHEVALIERS...
CELA TE DEMANDERA DIX FOIS PLUS DE SANG QU'AVEC KAEDE, PAR EXEMPLE !
GLOUP
HUM...
DIX FOIS PLUS, ÇA DOIT ÊTRE COSTAUD...
TU ES SÛRE, ANIS ?
SÛRE OU PAS...
FROT

JE NE POURRAI PAS T'EN EMPÊCHER, ET JE N'EN AI PAS ENVIE.
THANK YOU...
MAIS N'ABUSE PAS QUAND MÊME !
SI JE PEUX...
QUOI !?
HEM...
PRINCESSE ANIS...

TU ES SÛRE...
DE VOULOIR UTILISER LA FORCE CONTRE SCHWARZ ... ?
OUI...
JE L'ARRÊTERAI PAR TOUS LES MOYENS.
FROI
EN CE MOMENT...
JE SUIS TELLEMENT ÉNERVÉE QUE JE POURRAIS FAIRE N'IMPORTE QUOI !
GRR
SHII
...
TIENS BON...

TU RE-
VERRAS LA
LUMIÈRE
DU PETIT
MATIN...
SHii
CHu♥

NOUS AUTRES CHEVA-LIERS...
Rose blanche...
Rose noire...

Rose bleue...
SOMMES TES FIDÈLES SERVITEURS...
Rose rouge...
AU PLUS PROFOND DE NOTRE ÂME...

PRIN-
CESSE
DE LA
ROSE...

NOUS ATTEN-DONS TES ORDRES.

SUIVEZ-MOI !
END

Punishment 30
CAFE
GHHHH
GHHHH
TOUT CE SANG DEVIENT MA FORCE...
SHOUUU

JE SUIS LE ROUAGE … QUI PERMET AU DISPOSITIF DE PÈRE DE SE METTRE EN MARCHE.
LA NUIT INFINIE…
LE MATIN NE VIENDRA PAS…
VIENS VITE JOUER AVEC MOI, ANIS.
ALORS PLUS BESOIN D'ALLER À L'ÉCOLE.

L'EMBALLEMENT DE LA PUISSANCE DE YAKOH EST ACCENTUÉ PAR LE DISPOSITIF POSITIONNÉ EN HAUT DE LA TOUR.
TOUTE LA VILLE DOIT DÉJÀ DORMIR GRÂCE À LA SPHÈRE MISE EN PLACE.
Punishment 30 : Chanter pour toi une dernière fois

QU'EST-CE QUE C'EST QUE CETTE HISTOIRE DE SPHÈRE ?
HEU, EN FAIT…
DISONS QUE ÇA SÉPARE CET ESPACE DU MONDE RÉEL…
POUR QUE SEULE LA VILLE S'ENDORME.
PLUS SIMPLEMENT !
HEIN !?
COMMENT FAIRE POUR PROTÉGER LES CARTES ARCANES ?
COMMENT PEUT-ON SAUVER YAKOH ?
IL SUFFIT DE RETENIR LES POINTS ESSENTIELS.
D'APRÈS CE QUE JE SAIS…

C'EST LA FAUSSE MAÎTRESSE QUI ACTIONNE LE SYSTÈME DE SCHWARZ.
IL SUFFIT DE LA MAÎTRISER POUR QUE ÇA S'ARRÊTE...
ET NOUS POURRIONS ÉVITER QU'ILS NOUS VOLENT LES CARTES.
PAR CONTRE...
POUR CE QUI EST DE RÉVEILLER YAKOH...
À PART EN DEMANDANT AU CRÉATEUR, JE NE VOIS PAS TROP...
EST-CE QU'IL Y A UNE LIMITE ?
TANT QUE YAKOH TIENDRA LE COUP... À MON AVIS...
QUATRE HEURES MAXIMUM.
BON...
IL NE ME RESTE PLUS QU'À ALLER ME PLAINDRE DIRECTEMENT VERS LUI...
QUATRE HEURES !?
IL EST SI FAIBLE QUE ÇA !?
VIENS IDERU !
ON EST AU COURANT DU PLUS IMPORTANT !

IL NE NOUS RESTE PLUS QU'À COURIR...
TOUS À LA TOUR DE MON PÈRE !!
TU AS COMPRIS, ANIS ?
SCHWARZ SE TROUVE DANS CETTE TOUR EN CONSTRUCTION, C'EST LÀ QUE TU DOIS ALLER.
MAIS AVANT CELA...

TU DOIS RETROUVER LA FAUSSE MAÎTRESSE, ERA, ET L'ARRÊTER À TOUT PRIX.
QU'EST-CE QUE ... ?
ON DIRAIT UNE LUNE ROUGE...
ERA EST SANS DOUTE EN-DESSOUS DE CETTE BOULE DE SANG.
ON VA CONTINUER DANS CETTE DIRECTION...
AVANT QUE TOUT LE SANG DES HABITANTS NE SOIT ASPIRÉ...
ON DOIT FAIRE VITE !!
LA SPHÈRE A COINCÉ CES GENS ICI... !
!
SHAAAA

GHHHH
TU NE PASSERAS PAS… PRINCESSE DE LA ROSE…
JE CROYAIS QU'ILS DORMAIENT … ?
COMMENT EST-CE POSSIBLE !?
RECULE.
IL SEMBLE BIEN QU'ILS SOIENT MANIPULÉS PAR LA ROSE GRISE…
WHOOO
WHOOO

LA ROSE GRISE...
LA ROSE GRISE A LA CAPACITÉ DE MANIPULER LES HOMMES DANS LE COMA ET LES DÉMONS DU MONDE DES TÉNÈBRES.
C'EST DE LA NÉCROMANCIE, QUI UTILISE UNE "POUDRE-ZOMBIE".
SHAAA
ILS SONT MANIPULÉS, MAIS CE NE SONT QUE DES HOMMES...
JE NE PEUX QUAND MÊME PAS FONCER DANS LE TAS...
CRIC
POUSSE-TOI...
SHIII

MA CHANSON VA VOUS RENDORMIR TRÈS VITE !!
LA MAGIE DE LA ROSE ORANGE, LES SONS !
MA VOIX EST PARFAITE POUR LES BERCEUSES, NON ?
GNiii

PER-TURBER L'OREILLE INTERNE PAR LES ONDES ? BONNE IDÉE...
LE PACTE PROVISOIRE A LARGEMENT AUGMENTÉ SES POUVOIRS...
MAIS...
ANIS !? TOUT VA BIEN ?
OU... OUI, ÇA VA...
J'AI JUSTE EU UN ÉTOUR-DISSEMENT...
LE PACTE PROVISOIRE EST UN CONTRAT UN PEU SPÉCIAL QUI VOUS LIE PAR UNE SEULE CARTE... SUR-TOUT NE FAITES PAS N'IMPORTE QUOI !
ITSUSHI SENSEI AVAIT BIEN RAISON...
C'EST NOTRE SEUL MOYEN ACTUELLE-MENT...
BIEN JOUÉ IDERU ! CONTINUE COMME ÇA !

ALLEZ-Y TOUS SEULS.
HEIN ... ?
IDERU ?
JE VAIS LES ATTIRER ICI ET LES STOPPER PAR LES ONDES.
PROFITEZ-EN POUR AVANCER.
SHAAA
ON NE PEUT PAS TE LAISSER TOUT SEUL ...
IDIOTE !
À QUOI SERT NOTRE PACTE, ALORS ?
POM
JE VAIS TE METTRE SUR LES ROTULES !!

N'UTILISE PAS MON SANG N'IMPORTE COMMENT !!
BON, VOYONS VOIR...
SHIII
EN TOUT CAS...
REJOINS-NOUS AU PLUS VITE !
...
C'EST TOI QUI DEVRAS RÊVEILLER YAKOH...
PRINCESSE ANIS, NOUS N'AVONS PLUS BEAUCOUP DE TEMPS.
NOUS DEVRIONS NOUS SÉPARER EN DEUX AUSSI.
EN DEUX ?
LA ROSE BLEUE ET MOI IRONS VERS LA BOULE DE SANG.
JE NE SAIS PAS SI ON ARRÊTERA ERA, MAIS ON DOIT L'EMPÊCHER D'ASPIRER PLUS D'ÉNERGIE QUE CELA.

TOI, TU IRAS AVEC LA ROSE ROUGE ET LA ROSE NOIRE À LA TOUR.
ENTEN-DU...
ÇA NE ME RASSURE PAS TROP, MAIS ON DOIT TROUVER MON PÈRE AU PLUS VITE.
FAITES ATTENTION À VOUS DEUX !
PRIN-CESSE ANIS...
QUOI QU'IL ARRIVE...
TU NE DOIS PAS...
TE RE-TOURNER OU REVE-NIR EN AR-RIÈRE.

NE SURTOUT PAS...
SHAAAA
SHAAAA
SHAAAA
DÉCIDÉMENT, J'AI DE PLUS EN PLUS DE PUBLIC...
ILS SONT SANS CESSE PLUS NOMBREUX...
REJOINS-NOUS AU PLUS VITE !
ANIS...
SHI
M'ARRÊTER...

MERCI...
JE NE PEUX PAS PROFITER DE TOI PLUS LONGTEMPS.
CRITCH
CRITCH
MÊME SI JE NE SUIS QU'UN FAUX CHEVALIER...
C'EST PARTI !!
MÊME SI JE DOIS SOUFFRIR...
CETTE PUISSANCE EST CELLE QUE JE DÉSIRAIS.

JE NE VEUX PAS QUE QUELQU'UN SOUFFRE À MA PLACE.
CECI DIT, TU ES LA SEULE...
À QUI JE POURRAIS DEMANDER UN SERVICE.
JE T'EN PRIE, SAUVE YAKOH.
LA ROSE VERTE ET LA ROSE ORANGE...
N'ONT PAS RÉUSSI À PASSER DE PACTE AVEC MOI.
ILS ONT CRU QUE C'ÉTAIT PARCE QU'ILS ÉTAIENT TROP FAIBLES...
MAIS ILS SE TROMPAIENT.

BOM
LEUR LIEN ÉTAIT TROP FORT...
POUR QUE JE PUISSE M'IMMISCER ENTRE EUX ET LES DOMINER.
CE N'EST PAS PLUS COMPLI-QUÉ QUE CELA.
AS-TU ENTENDU MA CHANSON ?
MÊME SI MA VOIX S'ÉTEINT...

IL FAUT À TOUT PRIX QUE MA SUPPLICATION TE PARVIENNE...
HA !
IDERU ... !?
QUE ...
IL SE PASSE QUELQUE CHOSE !
ANIS ?
DEPUIS TOUT À L'HEURE JE NE ME SENS PLUS EN CONTACT AVEC LUI...
CE N'EST PAS TOUT...
BOUM
BOUM

IL VIENT DE SE PASSER QUELQUE CHOSE !
GNii
ON DOIT ALLER L'AIDER ...
N'Y RETOURNE PAS !
TU LUI AS PROMIS...
DE SAUVER LA ROSE VERTE, NON ?
SI JAMAIS IL CONTINUE À UTILISER SA FORCE DANS SON ÉTAT...
IL A UN PROBLÈME, JE LE SENS !
ANIS !!

IDERU...
GNI...
CROIT EN TOI, ET NOUS AUSSI !
CONTINUE !!
ON NE PEUT PLUS S'ARRÊTER...
GLOUP
IL VAUT MIEUX ...

STOPPER CELUI-LÀ D'ABORD !
SHU!!
TIENS ?
VOUS ÊTES ARRIVÉS BIEN VITE !
LA ROSE GRISE !!

LES ADULTES ME SERVAIENT POURTANT DE MARIONNETTES, ÇA N'A PAS SUFFI ?
ARRÊTE DE LES MANIPULER TOUT DE SUITE !
SINON IDERU... !
KAEDE... !
COMPRIS !!
ON DOIT L'ARRÊTER !!
MA ROSE...

JE SUIS À TES ORDRES !!
DÉSOLÉ ROSE NOIRE...
MAIS JE VAIS FAIRE PLOYER TON FRÈRE !!
MUTSUKI...
LE BROYER À NOU-VEAU...

J'AURAIS PRÉFÉRÉ LEUR OFFRIR...
UNE AUTRE FIN À TOUS LES DEUX, MAIS BON...
J'AI TELLEMENT MANIPULÉ LES HOMMES QUE JE NE PEUX PLUS APPE-LER LES DÉMONS...
TU VEUX RIRE !?
KAEDE EST LAN-CÉ...
IL NE NOUS RESTE PLUS QU'À UTILISER LA PUISSANCE DE LA ROSE ROUGE...
CLANG
POUR LE MOMENT, ON DOIT SE DÉPÊCHER DE L'ARRÊTER SINON IDERU SERA EN DANGER !
FOUT
ET ZUT...
NE SOIS PAS TROP DUR AVEC MOI, HEIN !
DANS CE CAS...

TU VAS MOU-RIR !
CLAAAANG

QU'EST-CE QUE TU FAIS, MUTSUKI... ?

SHOUU
KAEDE...
N'AP-PROCHE PAS !
WOUAAAAH !
CLAAANG
MERCI DE M'AVOIR AIDÉ...
MON FRÈRE CHÉRI.
MAIS QUE... ?
JE SAVAIS QUE MON CADEAU TE FERAIT PLAISIR.
QU'EST-CE QU'IL SE PASSE... ?
CRITCH
ROSE... NOIRE...
TU N'ES PAS DANS TON ÉTAT NORMAL ... ?
SHIII
SI...

...!
JE SUIS TOUT À FAIT NORMAL, ET JE VAIS TE TUER.

QU'EST-CE QUE C'EST QUE CE COLLIER ?
MAIS... ?
C'EST UN USTENSILE MAGIQUE...
QUE J'AI PRÉPARÉ SPÉCIALEMENT POUR LUI.
PRIN-CESSE DE LA ROSE...
TA DO-MINATION N'AGIT PLUS SUR MON QUES.
QU'EST-CE QUE ÇA VEUT DIRE !?
MU-TSU-KI !!

C'EST LA ROSE GRISE QUI TE FAIT FAIRE ÇA !?
RE-PRENDS-TOI !!
SHOUUU
CLING
JE NE SUIS PAS CONTRÔ-LÉ.
LES RONCES...!
MOI...

ANIS...
JE TE VEUX POUR MOI SEUL.
END

Punishment 31 ; Point of no return

QUAND LES AUTRES CHEVALIERS AURONT DISPARU...
ANIS...
TU DE-VIENDRAS MIENNE.
MUTSUKI...

TU…
TU TE FICHES DE MOI !?
EST-CE QU'ILS ONT BESOIN DE MOI POUR DÉTRUIRE…
HIN !
HIN !
Rose
oh reiner widerspruch
LE SCEAU MAGIQUE ?
TU M'EM-BRASSES, ET APRÈS ÇA…
TU ES-SAIES DE… ?
GRR
EM-BRAS-SE … ?
SHOU!!

HÉ !
ÉCOUTE-MOI BIEN...
JE TE VEUX.
SHAAAAAAW

JE ME FICHE DE SOMBRER.
ANIS...
AIME-MOI.

GNiii
MOI, ET MOI SEUL...
ROSE NOIRE !!
NE T'AVISE PAS DE LA TOU-CHER !
HAA...!

KAEDE !
HOO... TU TIENS ENCORE DEBOUT ?
SHLAC
SHLAC
SHLAC
SHLAC
QUE...
ZHAAAA
RE-GARDE BIEN.
QUI T'A DIT...
QU'ELLE ÉTAIT POUR TOI !?

ARRÊ-
TEZ !!
NE VOUS
BATTEZ PAS
ENTRE COM-
PAGNONS !!
SHLAC
SHLAC
SHLAC
J'EN AI
MARRE DE
JOUER
AU BON
COPAIN.
SHOUU
IL EST
RAPIDE
!!
OUVRE
LES
YEUX
!!
QUELLE
FORCE...
JUSTE-
MENT...

GHH...
J'ALLAIS TE DONNER LE MÊME CONSEIL.
SHLAC
DIRE QUE TU N'AS MÊME PAS EFFECTUÉ TON PREMIER RÉVEIL...
SHLAC
SHLAC
NOUS AUTRES CHEVALIERS...
SHLAC
SOMMES ÉTERNELLEMENT UNIS PAR LE PACTE DE LA ROSE...
TU N'ES PAS ASSEZ IDIOT...
POUR CROIRE QU'UN PAUVRE PETIT HUMAIN...
PEUT AFFRONTER UN MEMBRE DES TÉNÈBRES ?
MAIS SI L'AMOUR S'EN MÊLE...

C'EST L'ENFER QUI NOUS ATTEND.
CRÈVE ...

JE VOUS DIS D'ARRÊTER !!
AR-RÊTEZ-LES...
CRIIIH
TENJOH SENPAI !
SEI-RAN !
VENEZ À MOI !!

ANIS !? TOUT VA BIEN ?
Rose blanche
MAIS C'EST ... ?
Rose bleue

MITSU-RU…
ON S'EN VA.
TAP
HEIN ?
BON…
J'AI PRÉPA-RÉ…
UNE DERNIÈRE PETITE CHOSE À TE MON-TRER.
MUTSUKI … ?

QUI AURAIT CRU...
QUE MUTSUKI PUISSE ...
FAIRE CELA ?
...
EN PARLANT DE ÇA...
QUAND TU NOUS AS APPELÉS TOUS LES QUATRE...
JE ME SUIS DEMANDÉ POURQUOI EST-CE QU'IL N'Y AVAIT PAS DE PÉTALES NOIRS.

À CE MOMENT-LÀ, MUTSUKI...
AVAIT DÉJÀ MIS CE COLLIER ...
ET LE PACTE ÉTAIT ALORS COMME ROMPU.
C'EST BIZARRE...
LES QUATRE CHEVALIERS SONT ICI EN CE MOMENT.
C'EST POUR CELA QUE TU AS PU PASSER UN PACTE PROVISOIRE AVEC LA ROSE ORANGE.
GHH...
MUTSUKI...
NOUS A TRAHIS ... ?
TENJOH SENPAI AUSSI...
A L'AIR RETOURNÉ...
...

HAAA ... AÏE !!
COMME D'HABITUDE, SES SOINS SONT HYPER SADIQUES...
QUELQUES MILLIMÈTRES À CÔTÉ ET TU POUVAIS DIRE ADIEU À TES EN-TRAILLES...
...
ON VOIT BIEN ...
QUE MUTSUKI VOULAIT VRAIMENT LE TUER.
MAL-GRÉ CELA ...
TOU-JOURS PAS DE RÉVEIL ... ?
HEM...

KAEDE, TU VAS BIEN ?
PAS VRAIMENT, NON !!
C'EST QUOI, CETTE HISTOIRE DE BAI-SER !?
!?
C'EST ÇA QUI TE... ?
UN BAI-SER !?
OUPS...

HOO...
HÉ BIEN !
DÉCIDÉMENT SEULE LA PEINE DE MORT CONVIENT AUX TRAITRES...
C'EST IGNOBLE !!
JE SUIS PRESQUE D'ACCORD POUR LE LAISSER POUR MORT !!
MÊME SEIRAN !?
SHIIIT
LA PROCHAINE FOIS...
IL ME LE PAIERA.
DITES DONC !
SOYEZ UN PEU SÉRIEUX !

ON EST TRÈS SÉRIEUX !!!
BANDE D'IDIOTS !!
LE PREMIER BAISER ...
DE MA PRINCESSE ANIS !!
DAAAAH
INUTILE D'INSISTER...

LA FERME !!
DIRECT DU GAUCHE...
MÊME MES PARENTS N'ONT JAMAIS POSÉ LA MAIN SUR MOI...
J'ADORE !!
恍惚
RÉVÉLATION !!
DITES DONC ...
FOUIP
ひょい
UN BAISER ?
NOUS AUSSI ON S'EN EST DÉJÀ FAIT UN.
PAR-DON ?
D'OÙ EST-CE QUE TU SORS ?

AU TOUT DÉBUT, QUAND JE SUIS TOMBÉ...
ET QUE JE T'AI HEURTÉE.
HA, CETTE FOIS-LÀ !?
HI HI
MOI AUSSI C'ÉTAIT MA PREMIÈRE FOIS...
NE ROUGIS PAS COMME ÇA !!
HAAA
...

TRÈS BIEN.
ALORS DISONS QUE MON PREMIER BAISER...
C'ÉTAIT AVEC CETTE GROSSE BOULE TOUTE NOIRE.
JE SUIS CALME MAIS FURIEUSE !!
D'AILLEURS...
MUTSUKI AUSSI VA DEVOIR ASSUMER.
A... ASSUMER ?
NE ME DIS PAS ... !?

JE VAIS LE DÉ-MOLIR.
IL VA REVENIR AVEC NOUS.
C'ÉTAIT TROP DOUX, UNE PETITE BAFFE !
CLAP
CLAP
JAMAIS JE NE LE LAISSERAI...
NOUS TRAHIR !
GNii
ET ENSUI-TE...

LA ROSE NOIRE...
EST UN DE MES CHEVA-LIERS !
JE SUIS SA MAÎTRESSE !!

ANIS, ON N'A PAS BEAU-COUP DE TEMPS !
JE SAIS.
POM
AVANT D'ATTEINDRE LES LIMITES DE YAKOH...
ET REJOINDRE LA TOUR OÙ SE TROUVE PAPA.
ON DOIT ARRÊTER ERA, RETROUVER LA ROSE GRISE ET MUTSUKI...
AU FAIT...
ITSUSHI M'A DONNÉ ÇA POUR VOUS...
GHHH
DES CARTES ARCANES !!
IDERU LES LUI A LAISSÉES AVANT DE PARTIR...
JE N'AURAI PAS BE-SOIN DE ÇA...
IL VAUT MIEUX QUE TU LES GARDES SUR TOI.
IDERU...

SEIRAN ET NINUFA...
RE-TOURNEZ VERS IDERU.
J'AI UN PEU PEUR...
BIEN !
JE VAIS REFAIRE TES HABITS !!
SHIII
PAR CONTRE, IL NE TE RESTE QUE DEUX CHEVALIERS...
ÇA IRA !
ILS SERONT BIEN SUFFISANTS...
ET PUIS...
JE SENS LA DÉTERMINATION D'IDERU DANS CES CARTES.
ON Y VA !
LA BOULE N'AURAIT PAS GROSSIE ?
IL FAUT DIRE QU'ON APPROCHE, MAIS C'EST VRAI QU'ELLE A ENFLÉ.
WHOOO

MUTSUKI AUSSI…
EST DANS LE COIN ?
VA SAVOIR…
TU ES FÂCHÉ ?
…
IL EST PEUT-ÊTRE UN DES CHEVALIERS…
MAIS IL N'EST PAS DE CHEZ NOUS.
AU FINAL, IL EST JUSTE RETOURNÉ PARMI LES SIENS.
IL N'EST PAS COMME D'HABITUDE, ÇA SE VOIT.
MOI…
JAMAIS…
JE NE LUI PARDONNERAI !
!

CE N'EST PAS LE MOMENT POUR QUE MES ROSES S'ÉPARPILLENT !!
HA ...
ET CE N'EST PAS POUR FAIRE DE L'HUMOUR, HEIN...
C'EST SA FAUTE SI ON EST SÉPARÉS !
QU'EST-CE QU'IL LUI A PRIS ?
IL N'A PAS L'AIR D'AVOIR LES IDÉES CLAIRES...
IL EST CHEVALIER...
ET T'EMBRASSE QUAND MÊME ... ?
ARRÊTE UN PEU !!

J'AI TOUT ENTEN-DU !
... !
HI HI HI...
TU AS L'AIR EN FORME, ANIS !
MES-SIEURS LES CHEVA-LIERS...

QU'EST-CE QUE ÇA VOUS FAIT...
DE VOUS ÊTRE FAIT VOLER SON PREMIER BAISER ?
FI-CHEZ-MOI LA PAIX !!!
GRRR

ARRÊTEZ LA FAUSSE MAÎTRESSE !!
ANIS N'A PAS RETROUVÉ TOUT SON SANG.
JE M'OCCUPE DE LA PROTECTION...
PENDANT QUE TU AVANCERAS, ROSE ROUGE !
...
JE N'AI PAS D'ORDRES À RECEVOIR DE TOI !!
!?

SHIDEN...
SHIIII
C'EST À TOI, N'EST-CE PAS ?
... TU ES SÛRE ?
OUI.
C'EST BON.
FINI DE RIRE.

CLING
CLING
ROSE ROUGE...
J'AIME TE VOIR SOUF-FRIR.
JE VAIS ÉPAR-PILLER ...
DANS CETTE DOULEUR...
DU ROUGE UN PEU PARTOUT DE MES MAINS !

LA POISSE...
EST-CE PARCE QUE JE SAIS QU'ERA EST HIIRAGI ?
NON...
MA BLESSURE A ÉTÉ SOIGNÉE MAIS ME LANCE ENCORE.
MON ÉPÉE EST LOURDE...
MON CORPS BOUGE AU RALENTI...
J'EN AI MARRE DE JOUER AU BON COPAIN.

C'EST TOUT, ROSE ROUGE ?
TU N'ES PAS ASSEZ IDIOT POUR CROIRE QU'UN PAUVRE PETIT HUMAIN... ?
COMPAGNONS...
UNIS...
TOUT CELA N'EST QUE DE LA FAIBLESSE.
LA FERME !!
ON DIRAIT...
QUE KAEDE EST BIZARRE...
IL SE LAISSE EMPORTER PAR SES SENTIMENTS.

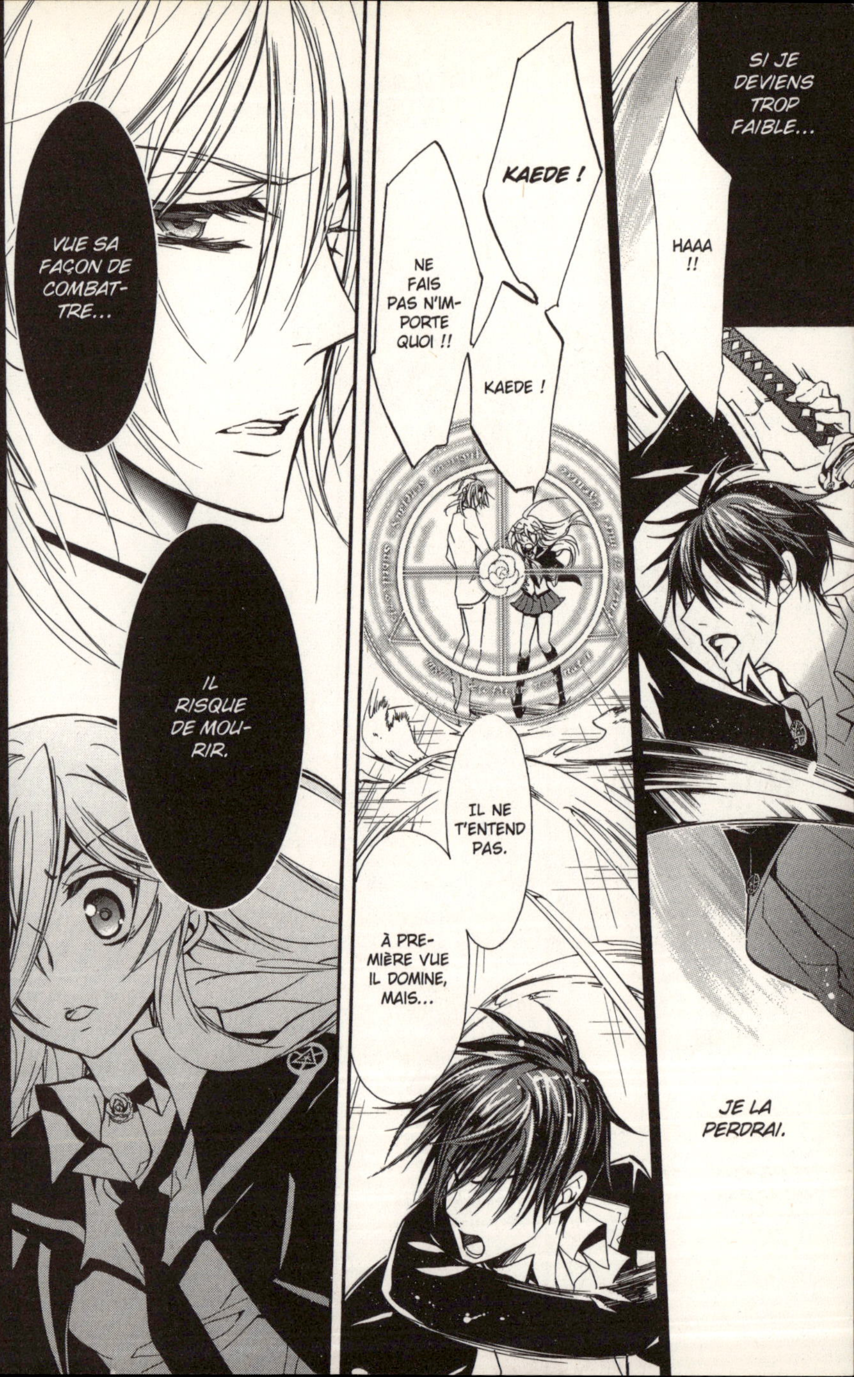
SI JE DEVIENS TROP FAIBLE...
HAAA !!
JE LA PERDRAI.
KAEDE !
NE FAIS PAS N'IMPORTE QUOI !!
KAEDE !
IL NE T'ENTEND PAS.
À PREMIÈRE VUE IL DOMINE, MAIS...
VUE SA FAÇON DE COMBATTRE...
IL RISQUE DE MOURIR.

KAEDE ...!!
IL N'ENTEND RIEN...
JE N'ARRIVE PAS À L'ATTEINDRE.
HIN!
HIN!
SHIII
JE NE SUIS MÊME PAS CAPABLE...

DE PROTÉGER LA FILLE QUE J'AIME !!
HAAAAAA !!
CRÈVE ...

GNIIII
IDIOT DE KAEDE...
SHOUUUH
!!
KAEDEEEEEE !!!

END

KISS OF ROSE PRINCESS

VOICI UN PETIT
BONUS SUR LE PASSÉ
DE TENJOH SENPAI
ET DE MITSURU !

Punishment – 6 ; No moon
DIS, JE ME POSAIS UNE QUESTION...
QUI A CHOISI DE T'APPELER MUTSUKI ?
APPAREMMENT IL S'APPELAIT QUES AVANT DE PERDRE LA MÉMOIRE...
ÇA...
TAP

C'EST MOI.
TING
QUOI !?
TENJOH SENPAI !?
GLOUP
IL ÉTAIT ...
PFU !
TELLEMENT MIGNON QUE J'AI VOULU LUI DONNER UN NOM.
MITSURU, SURTOUT NE VA PAS PLUS LOIN...
GRRR
JE SUIS TOUJOURS PLUS MOTIVÉ QUAND ON ME L'INTERDIT !
SUPER, RACONTE !!

C'ÉTAIT IL Y A CINQ ANS…
J'ÉTAIS PARTI EN EUROPE, POUR CHERCHER LA PISTE DE LA ROSE NOIRE DISPARUE DEPUIS LONGTEMPS.
J'AI FINI PAR ME RETROUVER DANS UN VIEUX CHÂTEAU ABANDONNÉ…
TAP
TAP
IL EST DÉTRUIT… OU EST-CE POUR FAIRE DISPARAÎTRE DES TRACES ?
LES BÔZOKU…
CETTE ODEUR…
UN CERCUEIL… AU FOND D'UN MUR EN RUINES !?
GNiii
… !

Sind sie...
... !

Sind sie mein Herrscher ?
"EST-CE VOUS MON MAÎTRE" ?
VOILÀ…
IL ÉTAIT ENCORE À MOITIÉ ENDORMI ET M'A PRIS POUR SON MAÎTRE !
IL T'AURAIT SUFFI DE ME LE DIRE TOUT DE SUITE…
GRRRRR
N'EMPÊCHE QUE C'EST UN JOLI NOM !
ÇA NE LE CONSOLERA PAS !
EN LUI DONNANT UN NOM IL M'APPARTENAIT !
DOMMAGE QUE TU SOIS TOMBÉ SUR LUI…
EN FAIT, CE NOM…
ÉTAIT CELUI DE…

HAAA...
MON CHEVAL DÉCÉDÉ...
LEUR POIL SE RESSEMBLAIT...
SHOUU
SHOUU
J'AURAIS MIEUX FAIT DE LE TUER CE JOUR-LÀ...
N'UTILISE PAS MON SANG !
IL ÉTAIT...

TELLEMENT SOMBRE…
QUE MÊME LES RAYONS DE LUNE NE L'ATTEIGNAIENT PAS.
…
ALORS…
IL AVAIT L'AIR D'UNE BÊTE…
TU NE TE SOUVIENS DE RIEN ?
SI DAN-GEREUSE, MAIS SI BELLE…
CE N'ÉTAIT PAS DE LA DOMINATION…
MAIS NOTRE MAÎTRESSE N'ÉTAIT TOUJOURS PAS LÀ, ALORS…
NOTRE PRINCESSE DE LA ROSE TANT ATTENDUE…
BON…

JE VAIS T'APPELER...
MUTSUKI.
TU DEVRAS ME JURER FIDÉLITÉ !
UNE FIDÉLITÉ ABSOLUE, COMME MOI...
ENVERS...
NOTRE FUTURE ROSE...

KISS OF ROSE PRINCESS

KISS OF ROSE
PRINCESS

MESDE-MOISELLES M (MA RESPONSABLE) ET S (MOI)... ÇA Y EST, LE 7 !!!
MERCI BEAUCOUP !
NOUS EN SOMMES AU VOLUME SEPT !
TOUT ÇA C'EST GRÂCE À VOUS !
ET À MLLE M...
AVEZ-VOUS REMARQUÉ L'ILLUSTRATION...
SOUS LA COUVERTURE ?
OUI !
IL S'AGIT DE DEATH !
MUTSUKI EN DEATH METAL !!
PAS EN ACCORD...
HO OUI, ET ANIS SE FERAIT ENLEVER PAR MUTSUKI, LE DIEU DE LA MORT...
TING
VOUS SAVEZ LE NOMBRE DE FOIS QUE TENJOH ET KAEDE SE SONT PRIS LA HONTE !?
BAH, LES PAUVRES...
JE SUIS SÛRE QUE NON !
GRR
BON, ON FAIT COMME ÇA !
AU BUREAU...
C'EST COMME ÇA QU'ON A OPTÉ POUR CELLE-LÀ.
MAIS EN THÉORIE, MLLE M AURAIT DÛ CHOISIR KAEDE.
CE N'EST PAS PAR PRÉFÉRENCE !
LA RAISON...
J'ADORE LES HUMAINS, MOI !
C'EST POUR ÇA !?
TENJOH AUSSI EST HUMAIN, MAIS BON...
FIN

Les faux chevaliers de la rose orange et de la rose verte.

Ideru Suzumura

Taille : 1m71
Poids : 56kg
Date de naissance : 7 avril, bélier
Groupe sanguin : B
Passions : les jeux
Il déteste : les champignons

Yakoh Hasuzaki

Taille : 1m74
Poids : 56kg
Date de naissance : 3 juillet, cancer
Groupe sanguin : O
Passions : Masser
Il déteste : les smoothies verts

Ils font partie du groupe d'idoles Rhodecia, et vivent dans un appartement que leur loue leur agence. c'est une bonne chose qu'ils soient de plus en plus reconnus, mais le nombre de leurs apparitions prévues augmente aussi beaucoup ...

MERCI À TOUS DE NOUS AVOIR LUS, ET RENDEZ-VOUS AU VOLUME 8 !!

SPECIAL THANKS :
NORIE, NAKAMURA, MAEDA, YOSHISE, RIKA, KANAE, YURIKA, KOU, TSUYAKO, HIYO, MY FAMILY
TOUTE LA RÉDACTION D'ASUKA
AND YOU !!

POUR ENVOYER VOS COURRIERS :

SOLEIL MANGA
25, RUE TITON
75011 PARIS - FRANCE

JE DONNERAIS TOUT POUR QUE TU SOIS MIENNE.

"Ô ROSE, QUEL HORRIBLE DILEMME..."

ANIS ET LES AUTRES SE DIRIGENT VERS LA TOUR OÙ SE TROUVE SCHWARZ POUR SAUVER YAKOH. COMMENT LA ROSE ROUGE, KAEDE VA-T-IL GÉRER SON COMBAT AVEC LES FAUX CHEVALIERS SUR LEUR PASSAGE ? COMMENT VA RÉAGIR ANIS, ET QUELLE EST LA VÉRITABLE RELATION ENTRE SHIDEN ET ERA ? LE VOILE SE LÈVE ENFIN SUR LA RENCONTRE ENTRE LA ROSE NOIRE MUTSUKI, ET SON COMPAGNON DE LONGUE DATE, LA ROSE BLANCHE TENJOH...

KISS OF ROSE PRINCESS 8

PROCHAINEMENT EN VENTE

Stray Love Hearts
SOLEIL MANGA

Aya Shouoto
Stray Love Hearts

AYA SHOUOTO

PARADIS SECRET

L'intimité exclusive a un prix !

Le jeune Ryô est un lycéen timide et manquant d'assurance. Il se sent attiré par Minato, un garçon de la haute société et populaire auprès de tous. Ce dernier lui exprime d'ailleurs une amitié sincère, ce qui n'est visiblement pas du goût de ses intendants, appelés les "Trois frères démoniaques". Ils sont prêts à toutes les intimidations physiques pour éloigner leur maître de Ryô, qu'ils considèrent comme un intrus.

SOLEIL MANGA

the
Mystic Archives
of Dantalian
SCENARIO / Gakuto MIKUMO . DESSINS / Chaco ABENO
CHARACTER DESIGN / Yuusuke G (GREEN WOOD)

Plongez dans les mystères d'une bibliothèque unique !

Huey a hérité de son grand-père, le vicomte Disward, sa fortune et une bibliothèque mystique renfermant des livres aux pouvoirs démoniaques. Mais cet héritage s'accompagne d'une lourde tache. Il va devoir faire équipe avec la gardienne des archives, la ténébreuse Dariane, pour retrouver les livres manquants.
Leurs pouvoirs respectifs vont ainsi leur permettre de faire face à de nombreuses menaces...

Série en cours

SOLEIL MANGA

Gosick

SOLEIL MANGA
Série en 4 tomes
CHACO ABENO
CHROME BREAKER VOL.1
SOLEIL MANGA
CHROME BREAKER VOL.3
SOLEIL MANGA
CHROME BREAKER VOL.4
SOLEIL MANGA
© Chaco abeno 2006, 2007 / KADOKAWA SHOTEN PUBLISHING CO., LTD., Tokyo

CHACO ABENO
CHROME
BREAKER

L'école devient dangereuse, il leur faut en sortir !

Kazuki et Haruki se ressemblent physiquement comme deux gouttes d'eau malgré l'absence de lien de parenté. Toutefois, si le premier dirige le conseil des élèves et fait preuve d'un calme en toute circonstance, le second est impulsif et passionné de jeux vidéo.

Nés le même jour, ils célèbrent leur seizième anniversaire dans des circonstances étranges. Toute l'école sombre dans une folie soudaine et cherche à les tuer.
Le jeu peut commencer !

série en 6 tomes

SOLEIL
MANGA

Otoh Saki
Kana Yamamoto
di[e]ce
Les dés sont jetés !

Rajeunir ça n'a pas de prix ?

Pour l'anniversaire de ses 114 ans la jeune et belle vampire Little demande pour cadeau une "adolescence normale. C'est donc accompagnée par son frère et protecteur Raku, son loup-garou serviteur Inukai et son ami Shinji, capable de percevoir les esprits, même les plus discrets, que Little intègre l'école Sainte Rosa en horaires aménagés. Alors qu'elle essaie tant bien que mal de profiter de sa jeunesse un démon vient perturber sa vie de lycéenne...

Série en 2 volumes

Mei Noguchi
Princess Nightmare
KARIN ENTERTAINMENT

Vassalord

Nanae Chrono

SÉDUCTEURS, CRUELS ET DANGEREUX...

Devenu un cyborg-vampire au service du Vatican,
Charles J. Chrisfont vit une étrange relation avec Johnny,
un vampire play-boy n'acceptant aucune autorité.

Cherchant à mettre fin aux exactions meurtrières de leurs congénères,
ils les affrontent à travers le monde.
Mais de nombreuses questions les entourent et la complexité
de leur relation les entraîne fréquemment dans une confrontation
qui finit le plus souvent dans le sang...

6 tomes en cours

SOLEIL MANGA

Écrivez-nous à :
Soleil Manga
25, rue Titon
75011 Paris - France
manga@soleilprod.com

Titre original : BARAJOU NO KISS Volume 7

First published in Japan in 2011 by KADOKAWA SHOTEN Co., Ltd., Tokyo.
French translation rights arranged with KADOKAWA SHOTEN Co., Ltd., Tokyo
through TUTTLE-MORI AGENCY, INC., Tokyo.

15, bd de Strasbourg
83000 Toulon - France
Conception et réalisation graphique : Studio Soleil
Traduction : Julie Gerriet
Lettrage : Studio Charon
Dépôt légal : Novembre 2012
ISBN : 978-2-30202-409-0
Impression : Ercom - Italie